In einem kalten Garten.

In einem kalten Garten

von
Manfred H. Freude

Manfred H. Freude

Leerzeichen 2013 (Stefan Keller)

Das Frontispiz (französisch: *frontispice* = Stirnseite, aus lateinisch *frontispicium* von *frons*: Stirn, *spicere*: schauen), ist eine Illustration, die sich auf der Zweiten, dem Titelblatt (Seite 3) gegenüberliegenden Seite befindet. Sie ist in der Regel also auf die Rückseite des Schmutztitels (Seite 1) gedruckt.

In einem kalten Garten.

Manfred H. Freude
In einem kalten Garten
Werk Band 9

Poetry
Dichtung
Lyrik
Gedichte

Manfred H. Freude

Bibliografische Information der Deutschen Nationalbibliothek
Die Deutsche Nationalbibliothek verzeichnet diese Publikation in der Deutschen Nationalbibliografie; detaillierte bibliografische Daten sind im Internet über http://dnb.d-nb.de abrufbar.

Bezug über den Verlag oder Amazon oder den einschlägigen Buchhandel

Copyright
Alle Rechte, auch das des auszugsweisen Nachdruckes, der auszugsweisen oder vollständigen Wiedergabe, der Speicherung in Datenverarbeitungsanlagen und der Übersetzung, vorbehalten.

Printed in Germany.

ISBN 978-3-95744-027-3

Manfred H. Freude

In einem kalten Garten.

*Wer den Gegenstand anschaut, muss nicht
an ihn denken; wer aber das Seherlebnis
hat, dessen Ausdruck der Ausruf, ist,
der denkt auch an das, was er sieht./
Und darum erscheint das Aufleuchten des
Aspekts halb Seherlebnis, halb ein Denken.*
Philosophische Untersuchungen
Ludwig Wittgenstein

Lerne mit Gedichten richtiges Denken.
Das richtige Denken lehrt das Lernen –
Erkennst Du in meinen Gedichten Dein Denken
Erlebst Du auch, das richtige Lernen.

Manfred H. Freude

In einem kalten Garten.
Manfred H. Freude
Werk Band 9

1. Band Keine Genichte - Alles Gedichte
2. Band Denkheft und Schriftmal
3. Band Treibsand und Lianen
4. Band Vom Hörensagen und Draufsätzen
5. Band Schlagwort und Dichterstreit
6. Band Widerwort und Widerstreit
7. Band Die schweigenden Fische
8. Band Ich hörte Schweigen
9. Band In einem kalten Garten

In einem kalten Garten.

Inhaltsverzeichnis

1)	Akte eines Gottes	11
2)	Alles krank	13
3)	Animal Poeta	14
4)	Ast über dem Bach II	16
5)	Auf der Suche nach dem Orient	17
6)	Auf halbem Wege	19
7)	Bevor	21
8)	Chinesisches Gedicht	22
9)	Celan	23
10)	Das Erdmännchen	24
11)	Es war einmal	25
12)	Fehlschläge	27
13)	Flechte den Fingerhut	28
14)	Geburt II	29
15)	Grenzfälle	30
16)	In einem kalten Garten	31
17)	Jenseits der Grenzen	32
18)	Kinderspiele	33
19)	Kiosk	34
20)	Liebe vielleicht	35
21)	Marmorlied	36

Manfred H. Freude

22)	Meine Freundinnen brennen	37
23)	Milleniumsziele	39
24)	Mundharmonika	40
25)	Nackt	41
26)	Ostern	42
27)	Sein drittes Auge	43
28)	Sie trug	44
29)	Soziale Plastik	45
30)	Streik	46
31)	Südstraße	47
32)	Unsauber	49
33)	Verstorben	50
34)	Waldeslichtung	51
35)	Wegerich	52
36)	Wie mit dem Krieg	53
37)	Der Einfache	54
38)	Der Tod	55
39)	Der Weg	56
40)	Doppelauge	57
41)	Ein Auge	58
42)	DU	59
43)	Ein Mann auf einer Bank	60

In einem kalten Garten.

44)	Entfliehen	61
45)	Escape	62
46)	Gedenken	63
47)	Grabrede	63
48)	Lakonismus	64
49)	Leben wir nicht in allen	64
50)	Maienduft	66
51)	Rosenschlag	67
52)	Ruhm	69
53)	Sandhaufen	71
54)	Schneeweiß	72
55)	Schrift Sprache Welt	73
56)	Sie trugen zum Meer	74
57)	Silbernacht	75
58)	Spiele den Tod	76
59)	Tenebrae	77
60)	Verlassen	78
61)	Vom Bauhaus	79
62)	Aachener Tageshälfte	80
63)	Abbitte	81
64)	Andere Singen	82
65)	Arbeitsgedichte	83

Manfred H. Freude

66)	Berg und Bach	84
67)	Bleibt nur ein Wort	85
68)	Dahinter zur Kunst	86
69)	Dass er sieht	88
70)	Das letzte Blatt	89
71)	Fußwege	90
72)	Kastanienblätter	91
73)	Hölderlin II	92
74)	Identität	93
75)	Kriegserklärung	94
76)	Liebesschmerz	95
77)	Mnemosyne	96
78)	Nachtsein	97
79)	Nie sahst Du was schön ist	98
80)	Schweigendes	99
81)	Stimmen der Liebe	100
82)	Strophe der Jahreszeiten	101
83)	Totenschlauberg	102
84)	Vergessen	103
85)	Vergessenes	104

In einem kalten Garten.

Akte eines Gottes
Nun ist das Bild erkannt
Seit dem Blick in Gottes Auge
Sah ich mein Spiegelbild vor mir
Trat mit Neuem Saft und
Frischem Blut hervor aus anderer Welt
Die nur der Messe diente
Zu huldigen mir dem Gott auf Erden

Was alt ist - ist vorbei, Vergangen
Und was herabfährt fährt zur Hölle
Was wäre ich, ohne jene, die
Zu Lebzeiten,
Vergöttert und Verstorben?
Nichts!

Es schaudert mich
Und wenn ich stehen bliebe,
Was soll ich schaffen? Soll ich tun?
Und noch eins,
Ist der Dunkle Geist so arm
Und nicht geschaffen sich zu bilden?

Und längst gestorben trug,
Ins Grab mich Ariadne
Und atme Gram und Groll und Gruft

Manfred H. Freude

Doch stieg ich höher nun
Wer wird mich bewundern
Weiß ich genug vom Menschenwerk
Und wer ich war?

Ich war das Genie!
In meinen Nüstern sitzt das Genie!
War geworden einzig wahr
Erinnert an meinen Namen als Dynamit
Lass doch dem Pöbel seine Not
Der Täter zeigt nur Macht und Größe
Und zeigt der Welt den starken Menschen

Nur ich als Schöpfer und als Herrscher
Liegt meine Quelle an der Stirne, so
Ohne Gott, Kaiser, Papst und Vaterland.
Ist Gott auch tot, so lebe ich doch weiter

In einem kalten Garten.

Alles krank
Natürlich eben – :
Verschwitzt -
Fiebernass -
Von der Stimme, von der Hand, vom Atem
Holen, holen –
Natürlich alles Nass
Schwere Luft der Frühe
Atemnurnatur
Flecken untilgbar auf Feuchtem
Nur der Hauch eines Todes
Jener
Der durchs halb geöffnete Fenster kam
Machte alles krank
Den Stuhl, den Tisch, den Schrank
Frag mich Liebe
Bettengruft um Bettengruft
Nasses Haar der Frühe
Schwimm, schwimm
Nimm das Kranke, nimm, nimm!
Geh zum Fenster raus
Aus, aus
Mach das Mondlicht aus

Manfred H. Freude

Animal Poeta
Der Affe dichtet und das ist schön
Zwischen schönem Gedicht die Lust am Schönen
Unserem interesselosen Wohlgefallen
Welches den Dichter herausreißt
Aus der Exzellenz der Wissenschaft
Erklärt uns das das große Gedicht –
Eines großen Geistes das keine Beliebigkeit zulässt
Es darf keine unterschiedlichen Interpretationen geben
Das große Gedicht ist ein Lebewesen
Ein Hund, ein Maulesel, eine Kuh
Das Gedicht hat sich entwickelt
Kein Gutes kann Gutes zeugen
Paart sich ein Pferd mit einem Esel
Ein Gedicht das sich aus großem Gedicht entwickelt
Kann sich nicht mehr weiterentwickeln
Wissenschaft stellt die Dichtung in eine Rinderzucht
Künstlich von den Wissenschaftlern besamt
Gleichen sich gute Gedichte einander
Bei höchster Produktivität
Einem angenehmen Wohlgefallen
Demgegenüber entwickeln sich
auf einsamen Wiesen, in fremden Zoos
Gedichte von Außergewöhnlicher Art
sogar auf Straßen die Bastarde
Von natürlicher Eigenart

In einem kalten Garten.

Das schlimmste das der Dichtung passieren kann
ihren Interpretationen Beliebigkeit nachzusagen
Gedichte sind wie Hunde
Sie entwickeln sich natürlich wenn man sie lässt
Aber wer lässt sie schon
Der anerkannte Naturwissenschaftler fuscht hier der Natur ins Handwerk
Er züchtet die reine Göttin Gattung mit der Zusammenstellung von Anthologien
Und versucht diese frei zu halten von vermeintlich fremdartigen und bösartigen Dichtern und Gedichten für die reine Rasse
Man spricht von Eugenik
Das große Gedicht ist keinesfalls eine Kette von großem Genie
Das große Gedicht ist aus einer Reihe von genialem Schwachsinn
Die Evolution gebiert die schönsten Blüten bei Schmarotzerpflanzen
Es gilt also nicht seine Felder zu bestellen
Vielmehr einen kleinen Urwald
Natur belassenen Garten zu kultivieren
Es gilt die Natur zu schützen
Naturschutzgebiete einzurichten
Und den sich entwickelnden Platz und Straßenszenen
Freiräume zu schaffen
Dichtung sucht nicht das spezielle
Dichtung sucht das Allgemeine
urwaldgemäße Naturerlebnis

Manfred H. Freude

Ast über dem Bach II
auf dem Vogel und Fisch ihr Nest bauten
mit Gitternetzen gefangen (Technikgestellen)
Niemals richtig gelesen von Beiden

In einer Schwebe ruht der Horizont
Die Nacht der Welt ist nah, nah
Changierend und Schillernd
Gemein und Abgründig

Sublime und das Unerreichbare
Geheime sind Verführer
Ununterbrochen, abgebrochen ist der Ast
Auf dem ein Gespräch wir noch waren
Zu Kinderzeiten nicht geschüttelt

Es trägt noch Beides (Ast über dem Bach)
Spiegelbild und Rinde

In einem kalten Garten.

Auf der Suche nach dem Orient
Als ob es kein Morgen gäbe
Keinen Mittag, keinen Abend.
Reportage an Wänden mit Wüstenbildern.
Eine Ausstellung von «Orient» bringt die bedeutende
Sammlung in jenen Kulturkreis zurück, dem sie entstammt.
«Der Trend hat erst seinen Anfang gefunden!» Kultur ist
wegweisend für kulturelle Entwicklung in den Wüsten.
Die Wissenschaft ist nur „Kreidestriche" gegen unsere
Furchtsamkeit. Der Volksglaube «Orient» ist noch immer tief
im europäischen Denken verwurzelt und bietet Hilfen für
unsere kulturelle Selbstdefinition.
Das Paradies der Kulturspringer.
Die Wüste arbeitet mit Hochdruck daran, zur
Kulturdestination zu werden, und wird so zum Labor für neue
Möglichkeiten des Zusammenlebens. Auch für uns.
Ich war noch nie in der Wüste. Die Wiederkehr des Ornaments
ist nah. Künstler aus dem Nahen und Fernen machen das
Ornament zum Bestandteil der globalisierten Bildsprache. Die
Kunst im Westen erhält neue Referenzpunkte.
Ein Bildatlas zu Moderne und Geschichte.
Wie lässt sich das Verhältnis von Ost und West, Europa und
Hellas, Tradition und Moderne im Medium der Künste neu
verorten? Reflexionen einer Windrose. Zeitgenössische
Blickwechsel. In der Gesellschaft hat der Blick eine besondere
Bedeutung für die Kommunikation. Eine junge Generation

Manfred H. Freude

interpretiert diesen auf eigene Weise. Generation Kulturförderung macht die spannendsten Erfahrungen, zwischen Begeisterung und Verwirrung. Von Bildern hinter erträumten Welten. Zur Moderne des Orients gehören Werke aus verschiedenen Ländern. Sie vermitteln einen Einblick in die Vielfalt des aktuellen Schaffens. Sinn aus dem Chaos schöpfen. Die neuen Sounds der Welt bieten innovative Interpretationen für «Authentizität» und «Lokalität» – etwa durch Geräusche und akustische Erinnerungen. «Die wahnwitzige Vorstellung, wir Weißen seien die Mehrheit ...» Eine Tour zu den wichtigsten Zentren des Orients, die erklärt, warum der Westen die arabische Welt immer wieder falsch einschätzt. Spurensuche in der Abwesenheit. Die Welt verändert sich schnell und drastisch; hier schlägt das geschäftliche und kulturelle Herz eines ganzen Kontinents. Jetzt hat sich entschieden, die Werbung und die Kunst abzuschaffen – zumindest so, wie wir sie bislang kennen. Im Schatten aller Geschichten.

In einem kalten Garten.

Auf halbem Wege
und Gott weiß warum, bin ich von reinem Land so stark
beschmutzt, das ich im hellen Licht mich nicht mehr zeigen
kann / ich singe mir zum Trost und auch der Anderen Lust,
dass mich die Muse küsst, im Dunkel, dass ich sie nicht sehe
/ ich kann nicht so viel essen weil ich kotzen muss von allem
was ich höre / und aus dem Stuhl lese ich die Zukunft mir
und ob die Leber mich noch lässt / und auch das Grobe
plagt mich in der Nacht / es ist als wenn es Gestern war als
eine Jungfrau mich bemuttert / mich haben auch die Leichen
auf dem Weg nicht aufgehalten / und diese Stimme die mich
immer rief / komm Manni, komm, dort ist ein Fenster so als
wenn mich jemand lockt / und draußen war gestirnter
Himmel mir ein Navigationsgerät / ich ging voraus und ließ
das Glück oft hinter mir / und keine Rast und Ruh, und
Alkohol und Tränen, Scherben / nichts durchschaut mich,
Gebärmutter, wenn der Saft rinnt über die hoffnungslose
Haut der Leidenschaft / ich war schon lange angekommen
und lief nur auf Asphalt / und mit mir lief die Müdigkeit /
dort gibt es keinen Halt und keine Rast und keinen Baum an
dem du kurz mal pissen kannst / und als ich an dem Haus
vorbeikam mit der Nummer 39 da wusste ich es war ein
Holzweg, war nur Mathematik / es zählt am Ende nur die
Toten / und du rufst von der anderen Straßenseite / es war
der Krieg, der hat uns ausgespuckt in alles Lüge ohne Treue
/ und als die Körper kamen war es schön und weich / doch

Manfred H. Freude

manchmal war der Film gerissen / und auf der Leinwand ein zerbranntes Bild / man hält das Kleingeld für den Fall der Fälle, und Strapse, Gürtel für die Sicherheit / es war beschissen aus den Köpfen voll Ideen / wir waren nackt und redeten mit toter Zunge / das Leben, ich habe es nicht gewusst / es ist die Hälfte nun vorbei / man kann nicht sagen, sind wir Oben oder Unten, also lassen wir das ... Wir setzen weder Punkt noch Komma und nicht mal den Akut / was vor uns liegt – es sind Gespenster / Ansteckendes kommt auf uns zu / wir kämpfen weiter, blind und rasen fort von der Geburt wo nichts passte /der Verkäufer hat deinen Namen notiert / du suchst Menschen vergebens / diese bittere Pille musst du schlucken.

In einem kalten Garten.

Bevor
Implizit, vor dem Rausch der Worte
Ehe noch das Denken, gedacht zu denken
Vor der Atemwende, dem Apriori, als es
Begann, am Anfang noch, davor, war
Ein Bild, auf dem Schirm, offen ein Riss
Ein Spalt, noch zwischen Wolken erahnt
Präexistent, war determiniert zu Denken
Spielte nur Forschung… interesselos

Nur das minimal genutzte: determiniert ist
Implizit - Apriori, das eigentliche Denken

Wo Worte, nicht mehr als Worte. Ein Schweigen
Es scheint
Mit einem ungereimten Einfall zu Beginnen

Manfred H. Freude

Wie man ein chinesisches Gedicht schreibt
Ein berühmter japanischer Dichter wurde gefragt, wie man ein chinesisches Gedicht mache.
Das übliche chinesische Gedicht enthält den einführenden Teil; die zweite Zeile die Fortsetzung dieses Teils; die dritte Zeile wendet sich von diesem Thema ab und beginnt ein neues; und die vierte Zeile bringt die ersten drei Linien zusammen. Ein bekanntes japanisches Lied macht das deutlich:
"Zwei Töchter eines Seidenhändlers leben in Kyoto.
Die ältere ist zwanzig, die jüngere achtzehn.
Ein Soldat tötet mit seinem Schwert,
aber diese Mädchen erschlagen Männer mit ihren Augen!"

Chinesisches Gedicht Nummer 1
„Zwei Dichter. Der Eine davor, der Andere danach
Einer ist groß, der Andere ist klein
Ein Fluss strömt von der Quelle zum Meer
Der Eine vertiefte sich in der Strömung"

In einem kalten Garten.

Celan
Nicht absurder,
Als ein einzelner Mann, Ein-
Geschworener. Immer in aller
Heiden-
Angst der Seele. Verirrt. Dem
Adrenalin aller Lähmung.

Sein Gehirn an-zu-wenden.
Etwas loszuwerden, immer
Etwas loszuwerden: Steck-
Schüsse alles,
Verlorene ...

Manfred H. Freude

Das Erdmännchen
Hält Ausschau nach Greifvögeln
Und ohne ruh, steht und dreht.
Ihm, ist als wäre kaum etwas übersehen
Und hier, wo alles sicher, keine Sicherheit.

Hoch aufgerichtet bleibt sein Blick,
Der sich im allerkleinsten Kreise dreht,
Ein Tanz von Kraft um eine Mitte,
Die Lippen und die Backen sind bereit zum Pfiff.

Nur manchmal dreht sein Kopf sich jäh nach hinten
Es schaut denn auf -. Es sind nur Menschen,
Und es entspannt sich zögernd wiederholt -
Na, tschüss denn auch!

In einem kalten Garten.

Es war einmal
Einmal war es
Es war nichts einmal, es war nicht dieses eine Mal
Einmal stand der Einzige vor dem Haus vor dessen Eingang
Und vor dessen Eingang der hinten war, denn das Haus…
Man sah nicht den Eingang
Man sah nicht den Ausgang
Es war der Durchgang
Der von vorne nach hinten durch das Haus führte

Es war meine Welt, die alten Götter und die Neuen
Die Bildschirme, die da leuchten, die Zahlen
Die ich nicht entzifferte
Es gab keine Zinsen
Ungelöst war alles
Insbesondere die Fälle die ungelöst waren
Die ungelösten Fälle
Alles war Ausbruch bevor alles ausbrach
Die Lepra wie die Vulkane
Alles Ausbruch
Dort will niemand mehr leben
Alles entstand aus der Feuchtigkeit aller Oberschenkel
Nur der Sommer war heißer
Es fluchte die Karibik

Manfred H. Freude

Brakel, Ahnenkult und Geister
Der Stein lebt im Baum

Sie aber liebte es geschlagen zu werden
Und fürchtete sich auf dem Boden zu knien
Und geblendet ins strahlende Licht zu sehen

In einem kalten Garten.

Fehlschläge
Geräusche von arbeitenden Durchlauferhitzern,
Durch Wasserfälle in Thermalbädern.
Machen mich verrückt ... aber das bin ich schon.

Der Regen der ständig fällt, klopft ans Fenster.
Wolkenverhangen der Himmel über mir
Es baden die Toten in den Quellen der Vorzeit.

Auf der Straße hetzen Passanten unter Schirmen,
Reden wie die Wasserfälle,
Klar, sauber und rein; Rheinfälle eben
Oder zerrissene Worte aus Felsen gesprengt.

Auf dem Platz steht ein römischer Brunnen,
Eine Figur mit Zepter und Apfel,
Ich kenne nicht die Bedeutung der Zusammenhänge.

Keiner der Passanten hört mir zu,
Ihre Antwort heißt: Sie sind nicht von hier,
Wer aber bin ich, wer verfolgt mich?.

Manfred H. Freude

Flechte den Fingerhut
Nimm deinen Strauß
Es schimmern die Blüten Iris und Tannengrün
Ertrage den Strauß in Gedanken
Werfe ihn hinter Büsche

Noch flüchten den Himmel eine
Colchicum autumnale. Ohne mich.
Entflohen, mit mir selbst
… Hört mir irgendeiner zu?

In einem kalten Garten.

Geburt II
Wahnsinnig von allen kranken Gedanken
Irrsinnig nach Worten suchend
Verfolgen mich alle Nachschlagewerke
Bis meine Hand selber zuschlägt…
Worte hervorbringt aus Uterus
Und Scheide

Meine Reflexion gebiert
Ein gesundes Wort zur Welt
Das auf seinen Namen hört
Den es ewig hatte

Manfred H. Freude

Grenzfälle
Zwischen den Schwellen, von Tag
Zu Tag, gingen wir Beide
Sprachlos hinter dem Atem hinauf

Gingen berauscht zu den Schiffen
Die, mit geblähten Segeln
Himmelwärts zogen

Wir schwammen,
Wir waren verloren,
Nimm uns, für immer

In einem kalten Garten.

In einem kalten Garten
Kein Sonnenstrahl dringt in den kalten Garten
Nicht mal der Wind besucht die Kälte
Der Schatten malt das Dunkel auf die Pflanzen

Ich weiß allein was frieren heißt
Der alte Birnbaum, findet keinen Halt
Er ist noch nicht mal morsch - nur trocken

Es ist das altvergessene Zweifelhafte
Wo einmal Kinder spielten
Dort ist der Boden hart

Dies alles ist in meiner Stadt
Ich weiß es, denn ich, ich war immer dort

Manfred H. Freude

Jenseits der Grenzen
Mit einem Punkt setzen wir Grenzen
Beschließen
Mit dem Punkt überleben wir den Tod
Vollziehen unser Denken –
Jenseits der Stille
Der Grenzen, die bereits überschritten

Lassen wir die Zukunft auferstehen
Lassen den Götterfunken hinüberspringen
Führen aufwärts den Punkt
Zeigen uns ‚von jenseits der Grenzen

Schwor meine Zunge
Treu und Redlich
Doch unvereidigt blieb mein Geist
Ich aber übte noch.

In einem kalten Garten.

Kinderspiele.
Im Sandkasten bei den Sprachspielen
Über Leben und Tod gewettet
Schwiegen wir uns bis zum Verlust
Während wir Burgen bauten
Schlugen wir uns mit Holzschwertern
Die Köpfe ein bis zum Blut
In allen Farben des Regenbogens
Spuckten unseren Gefährten ins Gesicht
Das war frei - machte wirklich Freiheit
Lernten wir viel zum Sterben
Bis der Eismann mehrmals klingelte
Kam noch einmal der Sommer zum Spielen
Der Sieger saß immer darüber
Zum weit spucken der Kirschkerne
Verreisten wir mit unserem Kettcar
Einmal um den ganzen Sandkasten
Verließen unsere Gedanken durch das Tor

Manfred H. Freude

Kiosk
Die alte Regenjacke, die schon
Zum Anstreichen benutzt wurde
Macht noch immer gute Dienste
Beim Einkauf im Kiosk nebenan

Die Tür des Kiosk steht sperrangelweit offen
Ein Verrückter mit einem Harley-Blouson verlangt die Kasse

Der Tamile hinter der Theke versteht kein Deutsch
Ich kann nicht übersetzen

Es knallt dreimal
Dann Stille

In einem kalten Garten.

LIEBE vielleicht.
Alle Möglichkeiten sind bei mir,
Alle Hoffnungen werde ich mir greifen.
Wenn es möglich ist,
Lass allen Ärger an mir vorüberziehen.

In meinen Träumen bin ich berauscht.
In meinen Räuschen bin ich bei Dir.
Ich weiß, nichts ist wirklich,
 ... alles ist fake.
Aber ich will es nicht glauben.
Aber ich will es nicht missen.

Manfred H. Freude

Marmorlied
Schatten im Lid, - Lied
Treibt, schreibt, selbst verlebt
Berühren einer Plastik des Bildhauers
Berührt von des Bildhauers Plastik
Ungeschminkt vom Auge des Meisters
Von kaltem Marmor getrieben
Klaren Blickes bröckelt es hervor

Was in Blöcken versteckt
Hinter mäuerlichem Putz
Buchstäblich unaussprechlich
Enthält es die Kennzeichen
Von Blut geschlagen
Geschrieben, gemeißelt
Hingespuckt
Als wäre nichts …

Das Ende der Kunst!

In einem kalten Garten.

Meine Freundinnen brennen von mir,
wehrlos und schutzlos vor den Toren
Draußen zur Musik der Cherub.

Ich lach mit ihnen:
Es ist Zeit -
kommt alle über das Seil
das ich euch spannte!

Frohfertig
lag ich im Gras
schaute den blauen Himmel
Weiß seine Wolken unter meinen.

Schmetterlinge trugen mich zu dir
noch immer verpuppt -
dein weißer Körper im Rock aus Kokon.

komm doch heraus
schenk ich dir Luft
die du brauchst zum leben.

Schlag mich
mit deinen Flügeln
die sich gerade öffnen.

Manfred H. Freude

nun wollen wir schweben
in allen Lüften
nach allem greifen das uns festhält.

berührst du meinen Mund
während ich mir meinen Körper
Verpuppe in deinem Leib

In einem kalten Garten.

Milleniumsziele
Meine Stimme gegen die Armut
In eine Kloschüssel gesprochen
Werde ich nicht kürzen
Auch wenn es schwierig wird für unser Land
Will ich Gerechtigkeit
Wenn es mich auch nichts angeht:
Auf den Ersten Blick

Stürzen sich immer mehr in Armut
Wie Empedokles in den Vesuv
Rufen wir nach transparenten Prozessen
Dass Kühe nicht aufhören Milch zu geben
Und Hühner immer weiter Eier legen -
Ist eine Katastrophe

Manfred H. Freude

Mundharmonika
Und er spielte als ging es um ein Leben
Dass er schon einmal beinahe ließ
An einem Brückenpfeiler
Und spielte
An der Straße die er einmal verließ
Spielte sein Klagelied ohne zu klagen
Harmonien-harmonisch-Harmonika
Winterwundersamen
Spielte mir das Lied vom Tod

Doch dann trat er hinaus auf die Bühne
Stand im Scheinwerferlicht
Spielte sein Lied
Er sah sie nicht
Geblendet vom Schein
Konnte ihn keiner besiegen
Lernte seine Mundharmonika fliegen

In einem kalten Garten.

Nackt
Wenn ein Tag zerbricht
Bete ich –
„Komm Zurück"
Ohne Dich bin ich froh
Einsam und Alleine

Ruf mich, ich brauche Dich
Können oder Kennen
Lass es sein!

Wenn ich verstehen würde
Zwischen Zeichen und Lauten
Könnten wir Sprechen lernen

Ohne zu stöhnen arbeiten
Weint lautlos das Sprachlose
(Verschwinde)
Ehe ich etwas Falsches sage

Clown oder Priester
Menschlich nackt
Keine Angst
Das sind alles Freaks

Manfred H. Freude

Ostern
Vom Rauch gereinigte kalte Himmel
Schauen weit ins Land mit Blick vom Turm,
Von hohem Gipfel steigt ein Wolkensaum,
Der blaue Bänder kreiselt in die Lüfte,

Regen hält sich in den Wolken
Sonnenschein ist nur ein Ahnen.
Aufgestanden, nun wird nicht begraben,
Neues blickt und drängt sich aus dem Gras

Eifrig wird sich diese Welt erneuern
Und aus Ästen brechen frische Knospen,
Ein Atemhauch, ein Zug von reiner Luft

Die blauen Bänder ziehen in die Städte,
Wehen durch die viel befahrenen Straßen,
Was lange verborgen - alles muss hinaus.

In einem kalten Garten.

Sein drittes Auge
Er nahm seinen Sohn in die Arme
Riss ihm beide Augen aus
Damit lud er seinen vertrauten Vorderlader
Mit dem er sich erschoss

Wieder ein Vater weniger
Dachte der Sohn
Und schloss ihm die Augen

Die Mutter schrie
Doch es hörte kein Gott
Man brachte die Leiche zum Rand der Stadt
Den Sohn setzte man auf einen Stuhl vors Haus
„Damit er hören könne", sagten sie

Er hörte wie sie sagten:
„das ist sein Sohn"
Er aber schwieg
In Dreifaltigkeitsnamen

Seine blauen Lippen schmeckten bitter
Von allem zusammenpressen
Es schaut kein Gott von oben herab
Nur der Mond sah vom Himmel
Sein drittes Auge

Manfred H. Freude

Sie trug
Nur einen toten Leib am
Morgen und ihre Hüfte war leer

Ihr Kopf schlug zwölf auf dem Küchentisch
Leckte ihr Mund das Zifferblatt fort.

Ihre Wange, gepflastert war schwer
Geflügelt ihre offene Stirn
Augen und Nase sahen nicht mehr

Ihr Körper eitervoll, schwamm
Ging alles fort was nicht unter der Haut
Untertauchte, bevor sich Hund und Katze
Um ihre Mahlzeit stritten

Soff sie das Leben das verloren schien

In einem kalten Garten.

Soziale Plastik
In meinen Gedanken fließt ein Fisch

FLUXUS sein Maß
In meinen Gedanken bin ich hier

Gedichte erzählt zum Vertreiben der Zeit
Getrieben von Stadt zu Stadt
Gefangen mit Geschenken überhäuft
Was Schlecht ist und was Besser

Das soziale Lebewesen
Dieser soziale Organismus
Vertreibt die Ungeheuer
Gesamtkunstwerke eines jeden Nachahmers

Manfred H. Freude

Streik
Ruft aber ruft
Kommt herbei, kommt, kommt
Geht zu den Toren
Hebet die Schranken
Schreit nach den Bonzen
Schreit ihre Diener herbei

Rein ist die Zeit
Ruft aber ruft
Die Zeit ist reif
Es sind noch Stunden zu zahlen
Schreit uns mit stählerner Stimme

Es ist zum Ende
Bis hier zum Tor
Hinaus, Hinaus
Es läuten die Glocken
Es donnert von Ferne
Geht nicht mehr hin!

In einem kalten Garten.

Südstraße
Es wird wieder gebaut
Ein Aufriss durch die Straße
Längst vergrabene Straßenbahnschienen
Verlorene Kabel
Rohre ins Nichts
Alles taucht wieder auf

Nur der Fluss
Der einmal durch diese Straße floss
Vom Wald her in die Stadt
Scheint verloren zu sein

Der kleine Vogel auf dem Fenstersims
Weiß noch davon
Von der Welt
Der Straßenbahnen und Pferdewagen

Nur die Hundeschisse sind geblieben
Mit dem Sonnenlicht
Das in den Augen der
Totgefahrenen Katze blinkt

In meiner Manteltasche suche ich ein Stück
Vergangenheit
Etwas das längst begraben

Manfred H. Freude

Nun wieder an die Oberfläche kommt
Findet man eher eine römische Münze

Oder einen Gedankenpunkt im Vogelflug
Am Abend brennen in den Fenstern Lichter
Von Blau zu Blau
Denkt sich die alte Zeit
In die Häuser
Wo noch immer Menschen wohnen

In einem kalten Garten.

Unsauber
Es trägt der Himmel die Scheibe des Mondes
Laternenlampenlast sinkt nieder
Verletzt auf dem Weg zur Lyrik
Lesen und Hören
Keines der Bücher wert
Augenblick einer Atemwende
Himmelserscheinung
Mehrere Dinge zusammen
Kaputt
Niemals, nie, nie, Jetzt

Sprache und Wörter sind keine Welt
Sprache, Sprechen,
Worte, Wörter,
Kosmos, Welt
Unerträglich, unerträglich
Nur der Himmel ist unsauber

Manfred H. Freude

Verstorben
Mein Stamm. Verendet.
Mein Reich.
Verfolgen mich Trauer und Schweigen.
Gefährtinnen aller Engel
Witwen und Waisen
Weinen am Ufer
Waren alle Welten nicht gewählt von mir?
Spreche ich hier in euer Bewusstsein
Wie ihr, von fremdem Blut

Dieses Gedicht wird übertragen vom Vater
Auf den Sohn
Von der Mutter auf die Tochter.
Dieses Gedicht
Übertragen in alle Bibliotheken
Die nur darauf warten
Einmal abzubrennen
Wie alle Worte geliebt und gehasst.

So werden wir schwimmend den Wendekreis schließen
Unter dem Feuerregen.
Neuanfänge, schauen längst verstorben.
Wird mein Stamm wieder tanzen
Ritualen folgend.

In einem kalten Garten.

Waldeslichtung

Wo dunkel, aus lauter Bäumen der Schatten fällt, auf das Licht des Offenen. Dort zeigt sich das Treue, scheu und ohne Spur. Sonnenschein spiegelt blinkend in der Iris einer toten Katze. Vogelschatten umkreist das Aas. Es wird nun Tag, soviel man mag. Am Waldesrand beginnt das Leben. Wo eben noch gestorben, wird im Verborgenen geboren. Nichts bleibt; es ändert stets. Ein Bach entspringt im Quell. Es ist als wäre die Sekunde hier schon zu Ende. Den ersten Satz, der aus dem Wald trat, auf die Lichtung, hat begründet. Ich aber schlage auf die nächste Seite. Dort steht ein Hirsch, inmitten auf der hellen Lichtung. Ein Lesezeichen…

Manfred H. Freude

Wegerich
Roter Fingerhut zum Preis
Mangnoliendichtes Kraut
Ehrenpreis und Löwenmaul
Wegerich und Gottesgnadenkraut
Kugelblume nacktstengelig
Wasserstern und Tannenwedel

Sämtlich zur Basispflege
Zum Blühen gebracht
Entgegenkommend am Wegrand

Stöhnt zwischen dem Asphalt
Ein Zahn des Löwen

In einem kalten Garten.

Wie mit dem Krieg
Es ist Krieg: und überall ist Kunst und Streit
Zu allen Waffen ist das Volk bereit
Die Kunst ist schwer
Das Messer leicht
Das Denken heißt Tragikomödie
Wer fängt den Augenblick, den Lärm?
Prometheus der an Herrscher zweifelt
Der konnte stürmisch leiden

Manfred H. Freude

Der Einfache.
Steht mit dem Genie an der Tür.
Gewährt ihm keinen Einlass
– geschlossene Gesellschaft –
Weltbekannte Gemeinschaft
Völlig unbekannter Figuren.

Warum klopfe ich an?
Gehe nach Hause,
Setze mich hin
Bis man mich fragt.

In einem kalten Garten.

Tot
Manchmal unter den Toten
Liegt Einer den kanntest du
und du fragst ihn:
Er aber antwortet nicht

und du rufst
Zum Himmel: wo bist du?

Da antwortet leise der Wind –
Fort, fort, alle hinweg
Dorthin wo alle sind

Manfred H. Freude

Der Weg
Der Weg von Dunkel zu Dunkel vonwegen
Von Wegen auf Vennwegen, höher gelegenen
Wegen in Feuchtgebieten moorhaft im Nebelschleier
ausgestochen zu Torfziegeln

Betraten betreten die ausgetretenen
Die nirgendwohin führenden erfahrenen
Schleichwege im Hochmoor gelegen nahe
Birkenknorrige blattlose Astgerippen

Wohin frag ich, wohin, wenn nicht nun
Geht mit mir der Weg in gleicher Richtung
Weiter bei den Narzissen die mich lähmen
Zum Duft der Narkose fortzuschreiten Kraut

Ich verstrickt mit unentrinnbarem Geschick
Zwischen den Grenzen von vielem dem Einen
Was alles vergeht doch entsteht ist ständig
Mit Birke und Weide aus mystischer Nacht

Noch zieht dieser Eishauch über das Moor
Der Gesang der Vögel verrät den Sommer
Noch ist nichts Höheres über dem Himmel
Als der Leichnam jetzt unsterblich im Moor

In einem kalten Garten.

Doppelauge.
Wirst du nicht wach. Aufgeweckt.
Rechts und links.
Bist Du
Eins, zwei, drei und klick
Was du nicht siehst

Vom Auslöser zerdrückt
Eine-Einsichten-Bilderwelt
Dazwischen Maschinentechnik
Hoch kompliziert von Mensch
Zu Mensch und Klick.
Lächelst du noch zugleich
Fotografen-Fantasien
Mit Zahnblitzen. Standpunkt.

Manfred H. Freude

Ein Auge
Zwei Augen, ein Drittes
Automatiques
Macht es: Klick
Aufnahme verschluckt das Bild

Saugt was fern des Blickes
Lichtreflexe
Blinzelnde Augen drei
Schau hier, rufen die zwei
Zum Augenblick
Knipse, knipse, knipse

In einem kalten Garten.

DU
Eisenhauch DU
Erstarrter von
Klirrenden Fahnen
Umschlungener Millionen Fackelträger

DU, Hörst du, DU
Bist das Böse
Damit du gerecht bist
Das wir dich lieben, verehren

Wir sind wie DU
Während wir sterben
Sterben vor dir
Sterben wie DU

Manfred H. Freude

Ein Mann auf einer Bank
Schwarzweiß an einer Wand
Bank in winterlichem Park
Pausbäckige prallbäuchige Wesen
Vorgang letzter Auszug
Übervolle Papierkörbe
Vielleicht

Alter Mann hinter Mauern
Einsam vom Leben erlernt
Dichtet vielleicht
Von Bank zu Bank
Rechts und Links
Vielleicht

In einem kalten Garten.

Entfliehen
Gedanken mein Flügelloses
Fliehe ich vor dir
Verfolgt von deinen Träumen
Fliehe ich, komme ich zu mir

Dich habe ich verlassen
Derwische tanzen durch meinen Kopf
Während ich zu mir komme

Ich bin fort, du bist fort
Wohin tragen dich unsere Gedanken
In deiner Nachricht, die bei mir ankommt
Ich verlasse mich, damit ich zu mir komme

Manfred H. Freude

Escape
Zu mir, zu mir, meine Königin
Zurück zum Kern in meiner Schale
Fühl ich mich abgestoßen
Von meiner Illusion
Noch einmal wagen, ehe wir verloren
Kehr ich zurück in dich meine
Ewigrose blühte mich an
Von deinen Lippen lernte ich viel
Trank ich von deinen Worten
Noch innenwärts ehe eine Wolke
Reißt mir die Tränen aus dem Mund
So schrecklich schnürt mir meine Kehle
Von meiner Königin im Grab

In einem kalten Garten.

Gedenken
Was geschah, ist geschehen –
Was wir vergessen ist, was
Uns fehlt. Wenn auch alles
Erinnern schmerzt, wo keiner
War dabei. Doch Alle mussten
Sehen. Die Möglichkeit bleibt
Immer und immer schreit ein
Grab. Wer aber wusste, kann
Mit Denken helfen.

Grabrede
Das Ende der Welt
Wird hier zu Staub

Wort um Wort
Stab um Stab
Stein um Stein
Neubeginn

Manfred H. Freude

Lakonismus
Wenn wir siegen
Werden Häuser brennen
Städte werden entflammen
Frauen werden weinen
– wenn –

Leben wir nicht in allen Zeiten,
Wenn wir ein wenig nachdenken,
Im Untergrund oder im Exil?
Und können wir nicht zurück,
Weil doch eine bestimmte Art,
Mit Drogen bestimmt,
Den Zeitgeist beherrscht.
Während ihre Gegner
In Gefängniszellen nachdenken.

In einem kalten Garten.

Der denkende Mensch ist allein
Und gefangen.
Ist in seinem Denken gefangen.
Ist dieses Leben doch nur
Im „Berauschtsein" einigermaßen
Aufrichtig zu ertragen.

Wenn man
An einem gewissen Punkt ankommt,
Muss man resignieren.
Das Kreative
Wird von Bürokratie zerstört.
So muss man immer
Von allem überflüssig sein.

Manfred H. Freude

Maienduft
Muschelspiel bodenloser
Wolken tanzen nur
Darunter Grassarg

Anklänge der Stille
Mädchenträume
Weiße Bäume

Schleifenbunt
Wortspielende Gehänge
Burschengesänge

Draußen auf dem Feld
Duft von neuer Welt
Wolken tanzen nur

In einem kalten Garten.

Rosenschlag.
Wieder und wieder greifen unsere Herzen
Worte, die wir schlugen aus der Rose:
Rosenschlag, Rosenschlag,
Blühst nicht vergebens.

Ringt deine Knospe um Atem.
Treffen sich unsere Herzen wieder
Bevor du wieder blühst
Bevor neue Menschen erscheinen
Die einen Menschen bestimmen
Wenn du blühst

Über dem Garten schweben wir
Wieder und wieder

Stimmen ins Schweigen geschrieben.
Geritzt in die Dornen schlagen unsere Herzen.
Unsere Augen sehen lidlos, lidlos
Nur das Dunkel, das sie kennen
Aus der Blindheit geschlagen

Manfred H. Freude

Ich schaue und du schaust
Wir alle schauen
Immer und immer

Willst du nun – duftende Geliebte
Dich mir entblättern
Deine Dornen ablegen

Während mein Herz erkaltet und bricht
Wirst du jedes Jahr wiederkommen
Blühen neu und brennen frisch
Im zierlichen Garten
Den du mit deinem Schatten segnest –
Wenn ich längst vergessen bin.

In einem kalten Garten.

Ruhm
Krank und kalt hängt schwer der Flieder
Tief beugt zum Kirchbaum hin.
Der kleine Garten ist betäubt vom wilden Duft
Und voll von duftigen Küssen
Ein Fußball liegt verlassen an der Wurzel
Ein Ast schreibt einen Namen an den Himmel.
Die feste Erde schlägt die Seite zu

Wo nehm ich, wenn die erste Sonne kommt,
Den schnöden Lichtstrahl entgegen?
Von Tag zu Tag wird hier im Garten
Kein Name auf den nächsten Frühling warten
Ich reiß mir einen Strauch aus diesem Boden,
Damit ich nicht mit leeren Händen vor dem
Himmel stehe.

Von trüber Anmut sterblich kalt, die Blüte auf dem
Busche bleibt.
Der Wind küsst auf den Schleier,
Den die Spinne mühevoll gewebt.

Manfred H. Freude

Der Rabe auf der Mauer ist verstummt.
Wie fieberkrank ist diese Welt schon?
Kalt ist der Mensch und nahe, nahe
Dem Unheil vor dem Garten

In einem kalten Garten.

Sandhaufen
Zur Quelle der blauen Flüsse verrückt
Wollen wir sprechen - verhandeln
Klebte das blaue Blut an Haaren
Vom Dauerregen verwaschen

Stiegen aus unseren Träumen
Zur Quelle der blauen Flüsse verrückt
Sprangen ins Blau unserer Augen
Traten zur Bühne mit Herzen
Verspielt vom allgemeinen Spiel

Blühten fort mit den Blumen
Zur Quelle der blauen Flüsse verrückt
Brauste frisch von Klagen getränkt
Ein neuer Himmel vor sein Bild
Maßen Körner: mit den Händen
Von des Meeres Badestränden

Manfred H. Freude

Schneeweiß
Im Schnee liest das Ohr von den Lippen
– Weiße Tauben –
Jemand, der hörte, lauscht und schaut
Tritt, mit den Augen dazwischen

Ihre Fenster sind leer
Mann, weiß es nicht
Wann, über den Verhältnissen
Diese, bedauerlichsten Einzelfälle

In einem kalten Garten.

Schrift-Sprache-Welt.
Man gibt
Man äußert
Man besteht
Kein Ton zeigt sich
Nur welche Feder

Anwendung
Ein Punkt beendet die Zeit

Realität, die Wahrheit des Satzes
Besagt das Schweigen.

Vielleicht beginnt alles erst.

Manfred H. Freude

Sie trugen
Trugen und trugen zum Trug vom Truge
Den kalten Fisch
Der lebte mit roten Kiemen
Der stumm schrie
Wie sie, noch immer

Waren sie doch nicht nahe
Hatten sie doch keine Haken, keine Netze
Waren sie noch nicht geboren
Nicht davor und nicht danach
Streichelten sie doch den Schleim
Mit kleinen Händen dasselbe Silber
Vielarmiger Leuchter

Waren sie auch nicht in selbem Glauben
Geboren als Piraten der Straßen
Der Feldweg war zu staubig zum Dorf
Dem Tor stand offen der Schlund
Fanden sie dennoch kein zu Hause
Dasselbe aber ist Fisch und Mensch

In einem kalten Garten.

Silbernacht.
Wir schliefen im Haus unter Decken.
Von Wänden malte der Schimmel
Wolken herab.
Regale boten sich vorübereilenden
Bücherrücken als Lektüre –
Augenpaare sahen sich satt an
Aller Unordnung.
Zwischen den Rillen der Heizkörper
Paarten die Spinnen unter Netzen.
Nur die einsame Glühbirne
Brachte auch ohne Sparlampe etwas
Wärme in die gute Stube.

Manfred H. Freude

Spiele den Tod.
Du darfst mich mit den Blutenden
Tränen deines Herzens begießen
Während ich meine Augen schließe
Bleibe ich im Dunkel des Frostes
Wirst du meine Liebe sein
Vom Schlaf alle Toten wecken

Warum bist du hier und nicht überall?
Vergiss den Schlüssel von meiner Tür
Das Türschild getroffen von goldenen Nägeln
Möchte ich glauben nach dem Aufstehen

Warum bist du hier und nicht überall?
Wenn du heimlich davonschleichst
Wenn meine Liebe deine blauen Augen
Zwischen den Stäben deiner Wimpern
betrachtet

In einem kalten Garten.

Tenebrae
Hilf uns, wir sind bei dir
Wir stehen vor deiner Tür
Wir sähen nicht, wir ernten nicht
Gib uns dein tägliches Brot
Heute, morgen, ernähre du uns
Deine Bäume tragen keine Früchte

Steinig und leer deine Felder
Deine Seen und Meere tragen die Farben des Todes
Reiche uns dein Salz, dein Brot, deine Fische
Trage unsere Last, denn wir sind schwach

Dein Leid trugen wir und deine Schuld
Gib uns Freude zurück

Manfred H. Freude

Verlassen.
Wir können nicht verlassen, das
Was uns längst verlassen hat.
Wir können nicht vergessen,
Was wir schon längst vergessen haben.

Niemals so verlassen, was wir tun
Niemals so vertun, was wir lassen
Allein ist Denken und Sein
Verlassensein

Letzte Träne von Rosenblättern
Kopfnote, Basisnote, Herznote
Alles begraben im Gras
Legen zu den Steinen
Alleine wir schlafen

Wir können nicht verlassen
Wir verlassen uns nicht auf das
Was wir Können

In einem kalten Garten.

Vom Bauhaus
Lernte er mit Legosteinen auf
Dem Linoleumboden ganze Städte
Bis zu den Toren zu bauen, nicht
Wonach es aussieht, auf Seite

Vierunddreißig Steine, Karat
Bei strömendem Regen verglichen
Nackt bis zum Strumpfband
Verwischte es ihre Tätowierungen

Manfred H. Freude

Aachener Tageshälfte
Als säße ich gestern noch auf dem Hof
Auf einem Müllberg voller Menschen
In heißen Quellgebieten
Mit Blicken rückwärts in der Zeit

Zechte am Lagerbier und starrte auf die
Eisberge vor mir Erstbesteigungen
Gratwanderungen zwischen
Talsohle und Gipfelkreuz

Gefällig nebenher Haarschnitte
Aushilfsbedienung im dritten Semester
Alles zufrieden? Lächelt Sie

Alles bestens. Antworte ich
Biertrinker in der dritten Generation
Gefällig nebenher Weintrinker

In einem kalten Garten.

Abbitte
Ich weiß, ich hab versucht und dran gedreht am Wort
Und manchmal auch ein schräger Reim
Ich hab versucht zu schreiben wider das Vergessen
Doch Vergessen kann ich nicht

Ich schrieb und las auch vielen Mist
Bis ich es besser machte
Und dass ich dichten kann, das glaub ich nicht
Doch auch nicht dass es einer konnte

Nur die da wissen, wie es richtig geht
Die sollten es doch selbst versuchen
Nur für das, was sie mir verwehrt
Sollen sie ewig schwitzen in Verdammnis!

Manfred H. Freude

Andere singen
Verzweifelt aus Angst
Es ist kein Wald mehr dort
Der Himmel Grautristesse
Die Zukunft?
Sie ist düster

In einem kalten Garten.

Arbeitsgedichte
Wenn vage Wolken an Bahnsteigen ankommen
Die sie nicht bestellt haben, glitzern hypnotisch
Die Warnzeichenblinklichter in einer guten Nacht

Zieht es immer, wenn neue Verse vorbeikommen
Weht laues Lüftchen (ein Windchen weht) sagt
Die alte Dame mit schwerem Fluggepäck

Kreisen die Bahnhofstauben um Krümel und
Zigarettenstummel und Bonbonpapierchen
Noch ehe ein Bienenschwarm angelockt vom Falben

Die Worte rotieren um die Schienenwege
Es ist die Art wie Worte arbeiten, wo Zugverkehr
Nach vorgeschriebenen Fahrplänen verkehrt

Satz für Satz greift das Wort Schwelle um Schwelle
Fahrplanmäßig werden Gedichte abgefertigt
Keine Zeit für Sentimentalitäten –
Willkommen und Abschied

Manfred H. Freude

Berg und Bach
Unter meinen Händen im Schrein
Unter meiner Erde Gebein
Unter unserem Staub bist du stumm
Wir schweigen uns zu
Unendlich folgt dir mein Wort

Erinnert ein Tuch
Flötentöne begleiten Sprüche
Abgeschminkt in weißem Tanzkleid
Ein-schrift folgt dem Schmerz
Par-odie greift das Tüchlein

In einem kalten Garten.

Bleibt nur ein Wort
Ein Wort nur
Eines gleich und ungleich
Nicht mehr
Nur ein Wort
Hat am Anteil teil

Solche Untersuchung macht
FREUDE

Ein Wort
Hat von Nichts Gedanken
Nur Wort
Etwas Ist
Wort

Manfred H. Freude

Dahinter zur Kunst.
Erschrocken vom Anblick
Der Erde
Scheinbarer Stille meiner
Raumstation
Wie Worte um Worte dahinzutreiben

Zwischen Sternen und
Kometen zwischen Schreiben
Und Sprechen
Zwischen Reden und Schweigen
Dahinter

Überfliege ich die
Buchrücken Aller mir
Zugänglichen Bibliotheken
Verkürze meine Zeit um einen Titel

Spreche mir von
Anbeginn - Sagen wir die Meder -
Fehlt mir noch Buchstabe, Buchstabe

In einem kalten Garten.

Wissen, ob es ihn gab
Und er sich findet - das ich ihn
Hinzufügen kann
Alle bedeutenden Sätze zu vollenden
Zur Kunst

Manfred H. Freude

Dass er sieht mit heruntergeschnittenen Lidern
Könnte er schließlich die Blicke
Seiner Iris im Dunkel schützen

Ich vergesse Nichts
Oder es fällt ein Blick
Zu der Spinne, die ihr Netz zieht
Über dieses Gesicht

Dass er sieht, verschleiert vieles
Liest in Herztönen
Die sonnigen Schatten der Zeit
Die er sieht bei den Liebenden

Dass er sieht unter dem Fensterlid
Sprich zu ihm, Auge um Auge
Das er sieht mit den Lebenden

In einem kalten Garten.

Das letzte Blatt
Du streifst mich
Mit deiner Spur
Ein Hauch – ein Schimmer
Nur

Ein Sonnenstreif
Auf meinem Flur
Ein Lichtblick
Schatten fuhr
Vom Zeiger meiner Uhr

Ein letzter Blick
Still steht er und
Zählt die letzte Ziffer
Meiner Uhr

Manfred H. Freude

Fußwege
Auf himmelblauen Wegen
Schreitet mein Fuß
Der führt Dich hinaus zu
Den Stimmen

Die sangen das Lied an der weißen Zypresse

Noch spricht der Mond
Mit verdorbenem Deutsch
Mit den Fingern des Abends
Greifst du zu mir
Mit der Kralle der Nacht krallst du die Flügel
der Falter

Nah ist der Tag
Nahe bei Dir, Rosen und Dornen
Das Schwarze
Es redet die Klagen dir zu
Weiß ziehen Wolken das Blau zum Licht

In einem kalten Garten.

Kastanienblätter
Gelb trägt die Kastanie ihre Blätter ins Licht
Spricht mit Wipfel zum Himmel
Spricht mit Wurzel zur Erde
Spricht zur Straße, spricht zum Weg

Über allen Dächern kein Hauch
In allen Wegen spürst du nur Luft
Grau sind alle Wände ohne Graffiti

Wecke mich am Ende des August
Wenn ich verträume
Den Abend in die Sonne
Wir sind noch so romantisch

Eines ist eines
Erkläre du eines
Im Herzen lebt noch Hoffnung

Manfred H. Freude

Hölderlin
Hölderlin lehnte am Fenster
Schnitzte kleine Barken
Von Holz, vom Zimmer

Die warf er in den Fluss
Bei Hochwasser
Auf jedes schrieb er ein Wort

Lachte – als sie alle waren

In einem kalten Garten.

Identität
In meinem Schatten ging ich spazieren
Meilen um Meilen im Einklang
Ging ich über die Blumenwiesen
Hinter dem Wolkenwagen her

Am Bach folgte ich dem Eisvogel.
Dort stand das Haus meiner Erinnerung

Was immer du sagst, es bleibt hier verschwiegen
Die blaue Tür am Eingang bleibt verschlossen

Ich drehe mich nicht um, bringe mich um
(Ja, wir lieben alles, was wir verlangen)
Den frühen Vogel bestraft das Leben

Ich weiß es gibt im Leben nichts Besseres
(Nein, werfen wir weg, was uns belastet)
Der frühe Vogel ist schon erlöst

Manfred H. Freude

Kriegserklärung
(Erkläre mir Krieg:)
Immer und überall ist Krieg.
Wir dürfen dem, keinen
Frieden entgegensetzen!
Wir müssen dem Krieg, den Krieg erklären!

In einem kalten Garten.

Liebesschmerz
Ich kann nicht schreiben.
Meine Finger sind krumm.
In meinen Briefen
Steht kein Wort davon.

Innen ist ein Gefühl.
Außen treibt die Ahnung …
      (Mich zu Dir)
Wo liebt mein Herz?

Manfred H. Freude

Mnemosyne
Neben stiller Quelle
An einer weißen Zypresse
Hüte Dich!

Neben der Quelle
Aus kaltem Wasser
Trinke von der Rede

Von unten, von oben
Du kommst immer vom Himmel
Du bist so mächtig, mächtig
Sieben totaler Effekte
Kon, kon-kretisch

In einem kalten Garten.

Nachtsein.
Es ist der Sommer der Nacht.
Wind legt seine Schatten
Über unsere Haut, die wir schöpfen,
Aus Tassen, die wir formen.
Aus Händen.

Es ist der Herbst des Morgens.
Grünbedeckt die Erde.
Mit Schlafteppichen.
Der, sich legt, auf die Haut des Bogens.
Der so geschöpft, … wie Du.

Wir begrüßen den Winter des Himmels.
Der auf Dächern Platz nimmt.
Leise rinnt über Rinnen.
Es ist kalt auf Stufen zum Himmel.
Wir warten in Löchern.

Wir lassen es Nachtsein!
Denn die Nacht ist, mit uns.

Manfred H. Freude

Nie sahst du, was schön ist
Was schön ist, in Dir, ist ohne unsere Interessen
Du fühlst Dich wohl.
Bei dir bist Du wohl
Was wohl ist in Dir

Du pflegst deine Liebe
Dein Herz schreit vor Freude
Deine Freude ist schön
Was schön ist, ist dir fremd
Dein ist das Fremde in Dir

In einem kalten Garten.

Schweigendes
Mitteilung vom Ereignis.
Eines: Zur Sprache bringen!
Lebhaftes Entfalten –
(Das ist der Unterschied)

Die unüberbrückbare Differenz
Gesprayt zwischen
Automatischer Rede und der Distanz

… Kunst fordert Äußerstes, Zornigeres
Solange Diskurs und Ereignis

Darüber, weil man Welt im Satz nur
Empirisch zusammenstellt.

Übergesetzt zwischen –
Sprache und Sprechen
Wovon Rede ist nur ein Hauch

Manfred H. Freude

Stimmen der Liebe!
Ich möchte ein Teil der Sprache sein,
Um Dich in den Fluten zu baden,
Im Fluss ohne eine Wiederkehr.

Um mich auf jeder Welle
Deines runden Körpers
Zu surfen.
(Schönheit umfließt uns!)
Erkläre ich Dir meine Liebe.
Als Taubstummer mit Fingern
Die Dich nicht fassen, umschließen.
Bis meine Lippen Dich sehen.

In einem kalten Garten.

Strophe der Jahreszeiten
Noch ist Sommer am Wolkenhimmel
Unter Müllbergen von Gedanken
Tafeln Blicke mit Gesetzen
Für sanfte Gelübde
Bissen den Löwenzahn in den Asphalt
Farblos und blind zum Herbstglanz

Manfred H. Freude

Totenschlauberg
Karl und der Teufel sahen fern in
Der Geschichte, die ihnen hinterherlief
Während der Teufel den Wolf riss und
Seinen Fingernagel in der Tür ließ schrie
Alles Gottlose der Kirche zum Himmel

Angst statt Tapferkeit überfiel den Karl
Ließ seinen Schrein zerbrechen während
Seine Soldaten den Kosovo besiegten
Meuchelmörder auf Autokinoleinwänden
Schrie wieder die Geschichte (eine Andere)

Gingen die Banker gewohnter Arbeit nach
Verließen die Verliese immer häufiger
Sich umzusehen unter Sterblichen
Bevor alles den Bach herunter ging

In einem kalten Garten.

Vergessen.
Abwärts, treibt, weißt Du, kennst Du
Ein Baum, ein Ast, ein Zweig
Den Fluss hinauf und ich frage mich
Doch finde ich keine Antwort noch, eine
Mir sonst so schnellen Erklärungen
Bis, ja, bis alle hinaufsteigen, am
Wasserfall, Kaskakaterakt hinauf
Zur Quelle, an Hammer und Steigbügel
Vorbei höre ich von fern meinen Namen
Vergessen an der weißen Zypresse

Manfred H. Freude

Vergessenes
Vertrieben von den Orten meiner Kindheit
Kam ich als Gast zur Welt.
Stammelte in den Sprachen der Menschen.
Die ich nie verstand
Die mich nie verstanden
Hundertzüngig beschworen!

Was meine Lippen betrachtet
Mit Fingerspitzen gelesen
Kam nicht einer
Mit seinem halben Mantel
Verfluchter Martin.

Nun gehe ich alleine,
Mit meiner Laterne, zuletzt!

In einem kalten Garten.

Freude schließt den Atem
Stille vor dem letzten Blatt
Schweigen löst den letzten
Gruß der am Ende spricht

Freude heißt das letzte Siegel
Das noch nicht gebrochen ist
Das in diesem Buch der Lieder
Auch für Dich ein Schlager ist

Siegel **Sphragis** (Femininum, Plural *Sphragides*; von altgriechisch σφραγίς: das Siegel) bezeichnet man in der Literaturwissenschaft, vor allem der Altphilologie das letzte Gedicht einer Gedichtsammlung, wenn es in antiker Tradition einen Hinweis auf den Dichter enthält, sozusagen sein „Siegel". Bekannte Beispiele sind die Schlussgedichte in Gedichtbüchern römischer Autoren wie Horaz, Martial u. a.

Als Sphragis im weiteren Sinn werden auch alle Techniken bezeichnet, auf verschlüsselte Weise den Namen des Dichters oder einen Hinweis auf seine Identität in den Text einzuarbeiten (z. B. als Akrostichon).

Manfred H. Freude

Vom Herausgeber veröffentlichte Werke alphabetisch sortiert:

1.	1848 Theaterstück ISBN: 978-3-8442-1590-8 Hardcover Freude, Manfred H.. - Berlin : Epubli GmbH, 2012 VG
2.	Alles aus einer Hand ISBN: 3-86703-469-9 Freude, Manfred H.. - [Leipzig]: Engelsdorfer Verl., 2007
3.	Das ganze Jahr. FREUDE Jahreszeitengedichte 136 Seiten Freude, Manfred H. – Berlin: Epubli Verlag ISBN 978-3-8442-2718-5
4.	Denkheft und Schriftmal ISBN: 3-939404-67-5 Freude, Manfred H. - [Leipzig]: Engelsdorfer Verl., 2006
5.	Dichter am Gedicht Edition Freude spezial ISBN-13: 978-3-86901-152-3 Freude, Manfred H. - Leipzig: Engelsdorfer Verlag
6.	Die schweigenden Fische ISBN-13: 978-3-86268-239-3 Untertitel: Edition Werk Band 7 - Lyrik & Dichtung 2010
7.	ESKAPISMUSLYRIK Lyriktheorie ISBN: 978-3-8442-2180-0 Freude, Manfred H.. - Berlin: Epubli GmbH, 2012
8.	FREIHEIT Ich bereue Nichts! Theaterstück ISBN: 978-3-8442-1645-5 Freude, M. H. Epubli GmbH, 2012 64 Seiten
9.	FREUDE das dichterische Werk ISBN 978-3-86858-188-1 2002 - 2006 Freude beim Lesen, Gebundene Ausgabe Hardcover
10.	Freude des Bösen Romanlyrik ISBN: 978-3-8442-1184-9 HC Freude, Manfred H. - Berlin: Epubli GmbH, 2011 128 Seiten

In einem kalten Garten.

11.	Gedichte vom laufenden Meter ISBN: 978-3-8442-1924-1 Freude, Manfred H. - Berlin: Epubli GmbH, 2012
12.	Gesang einer Nachtigall Autobiografie ISBN978-3-8442-5697-0 Freude, Manfred H. - Berlin: Epubli GmbH, 2013
13.	HIMMEL&HÖLLE Theaterstück ISBN: 978-3-8442-1736-0 Freude, Manfred H. - Berlin: Epubli GmbH, 2012 88 Seiten
14.	Ich hörte Schweigen. Werk Band 8 ISBN-13: 978-3-86268-755-8 Freude, Manfred H. - Leipzig: Engelsdorfer Verlag, 2012, 1. A.
15.	Katalog aller Werke ständig aktualisiert nur über Epubli
16.	Keine Gedichte - alles Gedichte ISBN: 3-939144-41-X Freude, Manfred H. - Leipzig: Engelsdorfer Verl., 2005
17.	Lieder der Liebe 100 Liebesgedichte ISBN 978-3-86858-439-4 Verlag Shaker Media
18.	MEINDICHTEN LYRIKTHEORIE Mein Dichten ist wie man dichtet ISBN: 978-3-8442-5246-0 Freude, Manfred H. - Berlin: epubli GmbH, 2013
19.	Machina oder Die Rettung Theaterstück Arbeitsheft SHM 00.000-0.00539 Arbeitsbuch März 2010 A4 Shaker Media Verlag
20.	Mallorkinische Reise ISBN: 3-86611-189-4 130 Seiten 2005 Freude, Manfred H. [Mammendorf]: [Pro-Literatur-Verl.],
21.	Meindichten Lyriktheorie Freude, ISBN 978-3-8442-5246-0 Manfred H. - Berlin: Epubli GmbH, 2013
22.	Mit freudischen Grüßen ISBN 978-3-86268-460-1 Freude, Manfred H. - Leipzig: Engelsdorfer Verl., 2011
23.	Parmenideslied Übertragung MHF Philosophie 44 Seiten nur über Epubli

Manfred H. Freude

24.	Schlagwort & Dichterstreit ISBN-13: 978-3-86901-153-0 Freude, Manfred H. - [Leipzig]: Engelsdorfer Verlag 2009
25.	SCHWAIGEN & NICHTSZ Hardcover Philosophie ISBN: 978-3-8442-1662-2 Freude, Manfred H. - Berlin: Epubli GmbH, 2012
26.	SCHWAIGEN & NICHTSZ Softcover Philosophie ISBN: 978-3-8442-1887-9 Freude, Manfred H. - Berlin: Epubli GmbH, 2012
27.	SPIEGEL der IDEALE ISBN 978-3-8442-1530-4 Freude, Manfred H. - Berlin: Epubli GmbH, 2011 60 Seiten
28.	TODESZUG KZ Ravensbrück hin und zurück Freude, Manfred H. - Berlin: epubli GmbH, 2012 ISBN
29.	Tödlicher Frieden Edition Freude ISBN: 3-86703-111-8 Freude, Manfred H. - [Leipzig]: Engelsdorfer Verl., 2006
30.	Treibsand und Lianen ISBN: 3-939404-64-0 Freude, Manfred H. - [Leipzig]: Engelsdorfer Verl., 2006
31.	Vom Hörensagen & Draufsätzen 146 Seiten Freude, Manfred H. - [Leipzig]: Engelsdorfer Verl.
32.	WAHRHEIT zur FREUDE - WAHRHEIT-DICHTUNG-PHILOSOPHIE: epubli GmbH, 2012 ISBN: 978-3-8442-2029-2
33.	Widerwort und Widerstreit ISBN: 3-86858-365-3 Verlag Shaker Media Edition Werk Band 6 - Lyrik & Dichtung

In einem kalten Garten.

Werke von Manfred H. Freude

Beschreibung: G E D I C H T E von Manfred Hubert Freude aus Aachen. Gedichte, Gegenwartslyrik, lyrische Texte, Zitate, Storys, Essays, Kurzgeschichten, Eskapistenlyrik. Debüt 2005 Lyrikband: Keine Genichte – Alles Gedichte, Arbeitsgebiete: Gedichte, Gegenwartslyrik, Lyrische Texte, Zitate, Kurzgeschichten, Eskapistenlyrik; Philosophische-, Poetologische-Essays-, und Kunstgeschichtliche-Essays, Intertextuelle Interpretationen; Narrative Experimente und Dokumente von Selbstreflexion; Fragmentarische Erzählungen; Prosaminiaturen;

Interpretationsübungen. www.freude-autor.de www.freude/myblog.de www.gedichte-freude.blog.de

Manfred H. Freude

Die Wiedergabe der Texte des gesamten Werkes oder Teile daraus ist ohne vorherige Zustimmung des Autors nicht gestattet. Abschreiben, kopieren oder sonstiges Vervielfältigen, gleichviel durch welches Verfahren und in welchem Umfang, ist verboten.

This work may not be performed, neither in part nor in whole, without the publisher's prior consent. No part of this work may be copied or reproduced in any form or by any means.

© **Manfred H. Freude**